KB197827

오동꽃 오후 저녁

오동꽃 오후 저녁

초판 1쇄 인쇄일 2025년 1월 22일
초판 1쇄 발행일 2025년 2월 5일

지은이 김재명
펴낸이 양옥매
디자인 송다희 표지혜
교 정 조준경
마케팅 송용호

펴낸곳 도서출판 책과나무
출판등록 제2012-000376
주소 서울특별시 마포구 방울내로 79 이노빌딩 302호
대표전화 02.372.1537 **팩스** 02.372.1538
이메일 booknamu2007@naver.com
홈페이지 www.booknamu.com
ISBN 979-11-6752-582-6 (03800)

오동꽃 오후 저녁

김재명 시집

책과나무

시인의 말

말, 되, 홉 중에
홉 속에는 별이 열 개 백 개
되 속에는 별이 다섯 개 두 개
말 속에는 별이 한 개도 없는 게
시다

시가 좋아서 너무 아름다워서 시작한 일이
이렇게 30년 흘렀다
내가 쓴 시에 고통을 준 것과
예쁘게 단장을 못 해 준 것이
시의 아빠란 생각으로 미안할 따름이다

시가 아버지 아빠 하며 부르는 것 같다
아빠가 힘이 부족하니 시야 네가
나를 데려가 다오 따라갈게 데려가 다오

백 리를 백 번 천 번을 넘어서 가서
아버지 장군 지게에

똥은 싫어도 착한 것이다
싫어도 똥은 착한 것이다

그래서 저기 보리밭 푸르게 할 것이다

차례

1부
감사한 계절

2부
그리운 사람

3부

세상 건너가기

4부

길을 묻다

1부

감사한 계절

오늘

오늘 것을 잘 듣고
오늘 것을 잘 보고
오늘 것을 잘 알고
오늘 것을 잘하고

그래야

오늘 내가 믿음이 있고
오늘 내가 소망이 있고
오늘 내가 사랑이 있고
오늘 내가 감사해야

그래야

오늘 나는 잘 사는 것입니다

오늘

그래서

하나님이 주신 가장 큰 선물입니다

여름날

여름날

여름날에는

하늘 별들이 사람입니다

밤중에

그러합니다

어둠이

혼자라서

별 사람들 모인 곳

하늘 사는 시장에

구경 가는데
볼 것이 많으면

보고 알고 사려고
이야기하러 찾아갑니다

낙엽

단풍으로 물드는 것은
이제야 갈 길을 찾았다는 뜻

성장한 청년들이 단풍잎이다
입신을 위해 떠나가는
떨어지는 그 순간을
새 이름으로 낙엽이라 한다

어디로 가고
정처도 없이 가고
각오하고
인사하고
떠나는 출가를 하며
세상에 대한 궁금증을 품는다

가을, 그 쓸쓸한 허공
바위로 바라보는 겨울이 있어
낙엽은 기적으로 돌아오는
봄의 새싹이다

구름

한 몸을 수억 번은 가르고 갈라서
구름이니
칭찬이 자자했으면 하고

아지랑이 물방울이 군중으로 모여 산 같은
구름이니
성공한 것으로 칭찬해야 하고

객지를 여기저기 떠돌아 부지런하고
삶이 구름 사이서 낳은 아기가 있을 듯한
그 세상이 좋고

누구나 가난하고 고달프면 구름에 비유하니
이 슬픔도 구름과 같이 떠갈 것이고

산 같은 하늘 구름이
수억 번을 가르고 갈라서
빗방울 떨어지니

슬픔인지
기쁨인지
희생인지

하늘 것으로
끝을 기쁨으로 보겠나이다

굵히고 누르고

허공의 굵힘으로 만물들이 생기고
바다의 누름으로 생명들이 생기다

굵힘으로 그 빛들이 있고
누름으로 그 바람이 있다
행동의 굵힘으로 마음이 생기고
마음의 누름으로 모습이 있다

뭉친 실타래를 보니
크기만큼 누른 것이고

둥근 실타래를 푸니
그 길이만큼 굵힘이다

눈물은 굵힘으로 생겨 있고
미소는 누름으로 생겨 있다

바다는 물방울을 굵어서 구름을 짓고
하늘은 구름을 눌러서 빗방울을 짓고
모과를 굵힘으로 짓고
사과를 누름으로 짓고

굵힘으로 기적을 만들고
누름으로 기차를 만들고
굵힘으로 떠나가고
누름으로 돌아온다

바람의 굵힘으로 별이 뜨고
삶의 누름으로 달빛 추억이 있다

우산

우산을 펴고 1초의 빗방울을 세다
A4 용지에 1초간 11방울이 닿았다
우산 폭은 A4 용지 17장쯤의 넓이다
우산엔 1초간 187개 빗방울이 닿았다
한 시간은 3,600초
정성껏 계산은 해 놓고

우산을 쓰고 한 시간을 걸었다
우산에 673,200개 빗방울이 내렸다

가방을 메어 책가방에도 조금 젖고
옷소매도 조금 젖고
아래 바지는 무릎 밑으로 많이 젖고
구두는 양말에 축축 물이 밸 정도로
비가 내렸다

도착지에서
비 맞은 곳 안 맞은 곳을 구분하여
나의 생각을 넣었다

몸과 가슴과 머리는 비를 아니 맞았으니
상류층이고
비를 약간 맞은 곳은 중류층이고
비가 많이 젖은 무릎 밑은 하류층이고
구두 속 양말은 노숙자이다

옷을 갈아입고 싶어서
가 보고 싶은 곳을 만들어서 갔다

매듭

구두를 신고
단추를 끼고
넥타이를 매니 매듭이 있다

줄을 풀고 단추를 풀고 옷을 벗으면
그때 흰 살이 보여 풀림이라
맨살이 좋다

사랑의 포옹도 매듭이고
생명의 관절도 매듭이고
허공 속 뭉친 구름도 매듭이고
꽃도 잎도 열매도 매듭에 있고
산에 가면 절벽도 매듭이다

매듭을 풀면 돌아보고
돌아갈 곳은 눈물이 보여 아름답다
백 년 천 년 만일까
절벽이 무너져서 씻기며
계곡에 있다

구름도 매듭을 풀고 비가 내리고 빗방울 떨어져
잎사귀를 적시고 흐르는 물은 또 매듭을 지으려고
엉킨 좁은 골짜기를 흐르고 있다

매듭과 풀림은 단단하고 물렁하여
가깝고 먼 것으로 연결되어 끈에 있는 것이다

밤과 낮

밤 이름 어둠 나무와
낮 이름 밝은 나무가
키 재어 서 봅니다

세 번은 넘어지고
스무 번은 더듬어야
키 잼이 같아지는 까닭입니다

반은 어둡고 반은 밝은 나무가
균형을 잃을 때 아파서……

여기까지 와서
소나무 활엽수 나는 숲에서
아침 바다를 봅니다
밀려가고 밀려오는 굽이친 파도

갯바위에 부딪혀
하얗게 부서지는 포말 흰 거품을
누워 느껴 봅니다
아득한 수평선 위로 날아가는 괭이갈매기 떼

몸은 여기 마냥 그대로 묶여 있고
밤새워 넘어온 배 한 척 수평선 위에 바라봅니다
아득한 것이 수평선이고
밤과 낮을 합쳐야 수평선일까요

나는 왜 여기까지 와서
수평선을 바라보며
밤과 낮의 키를 재고 있을까요
갈매기 따라 날아가고 싶은 걸까요

꽃을 보는 방법

혼자 보는 꽃보다 둘이서 보면
그 꽃이 더 아름답습니다

보고 온 꽃을, 두고 온 꽃으로 하고
그 꽃에 가서 너와 다시 볼 수 있다면
얼마나 좋은 생각입니까

꽃을 바라보다가
꽃이 널 보고 웃고 있어
꽃이 날 보고 웃고 있어
서로를……
더 채워 주는 마음입니다

칭찬을 많이 하고
너와 나의 사랑하는 모습과
나와 너의 꽃을 보는 오늘은
서로를……

이야기 속으로 몰래 키 재어 보는

이날은 얼마나 아름다운 사랑입니까

그 사랑이 얼마나 행복한 내 방법입니까

검은 나무

달*은 밥이 아니나
달이 밥이었습니다

달은 옷이 아니나
달이 옷이었습니다

검은 나무는

달 밥을 먹고
달 옷을 입고

오 년 십 년을 더 따라가야
고개를 넘을 수 있습니다

검은 나무는 이제

마지막 스무고개**를 넘습니다

* 달: 어둠 속을 비추는 희망.

** 스무고개: 예 아니오로 답을 찾음. 어렵지 않고 재미있는 놀이.

감사한 계절

봄은
겨울 것을 심고
싹 트게 하는 것입니다

여름은
봄의 것을 건강하게
키워 주는 것입니다

가을은
여름 것을 아름답게
보여 주는 것입니다

겨울은

여름 것을 상하지 않게

보관하는 것입니다

사계절로

인생을 쓰는 것입니다

물배

물배 채우고
물배로 허공을 가는
마음
좋은 곳 좋은 생각을 하자

물배야
오래오래 가자 둥둥……

그래
구름을 보면 허공 살이다 하고
허공을 보면 구름의 뼈다 하며

구름 끼면 빗방울 것으로
물고기의 알이다 허공의 알이다 하고

구름 마르면 맑은 것으로
밤하늘에 별 뜨고 달 흐르는 것으로

그렇게 어제처럼
오늘도
내일도
물배 여행 둥둥

은하 은하수까지 왔다
참, 잘 왔다

겨울 사랑

그대가 한 사랑 중
몰래 감춰 두고

봄
여름
가을

당신 사랑 씨앗을
이마에 농사합니다

겨울입니다
곡간을 채운 양식이
몸 마음 가득합니다

겨울나는 일이
점점이 하여 걱정 없는 일

그대는 쌀

나는 솜

겨울도 두툼한 외투 있으니

겨울은

추워서 온 사랑 맛

눈사람

사는 일 겨울밤이 추워도
눈사람처럼
녹지 않고 변치 않는 일

헌 옷 빨아서 깨끗이 하고
일상이 정돈 정결한 일

높은 곳에 부지런하고
낮은 곳에 부끄럽지 않은 일

목표가 반듯하여 나를 이기는 일

나만의 새싹을 위해
눈사람처럼 녹는 일

봄을 기다리는 일

나무들 추억

봄여름, 나무는
사람을 위해 종으로 살았다

가을, 나무는
사람을 위해 왕으로 살았다

겨울, 나무는
사람을 위해 모든 것 베풀어 주고
왕관도 벗고 용포를 벗고 떠났다

앙상한 빈 가지는 혼이 남은 나무
사람과 나무 사이 이별이 있어, 못 잊어
올 때는 새살 초록만 통통
봄 돌아올 게다

박꽃과 달

나는
기다리는 골짜기입니다

박꽃은
신부입니다

달은
신랑입니다

별의 반짝임은 하객입니다
밤은 모두의 마음입니다

나뭇잎은 손뼉을 치고
바람은 웨딩마치 울림의 예식입니다

떠나고 돌아오고
돌아오고 떠나고
여행은 우리들의 시간입니다

맹세로 서약합니다
주례는 하나님입니다

어둠의 별을 보며

낮
흑 구름 속 밝음 사이에서
해 있는 모습을 보면
흰 둥근 해가
우주 천국 어디에서 온 관광버스다

밤
어둠 속 맑은 달 흐름을 보면
천국의 배 유람선이다

아득한 푸른 허공으로
어둠 속 별을 보며
별을 세면

하늘에서 베드로 바울 마태가 있다
고기 잡는 어부
사람 낚는 어부
밤하늘에 일꾼이 많다
하늘에서 사람들이 저렇게 많다

모세의 손 요한의 눈 시온의 가슴이 본
성경을 사랑하는 관광이다

물방울

빗방울 될 때까지 어떤 과정이 있었을까
눈물이 나기까지 무슨 일이 있었을까
물방울 맑기까지 얼마나 힘들었을까

물방울은 왜 슬픔도 보이고
물방울은 왜 기쁨도 보이는 걸까
물의 종착역은 왜 바다일까
바다는 물방울이 많아서 클까 넓을까 깊을까

울면서 웃음이 난다
웃으며 눈물이 난다
세상이란 슬픔이 바탕이 되고
슬픔이 바탕인 것이 삶의 사랑인가 싶다

물방울로 오르고 내리는 것이
내리고 오르는 것이 생사(生死)와도 같아서
바다가 잔잔한 것이 일생의 죽음과도 같고
파도의 바다인 것이 일생의 탄생과도 같다

여름비 올 때

밤길 가는데 갑자기 비가 내려요

우산도 없이 캄캄한데 비가 내려요
오랜 가뭄이라 그 비에 흠뻑 젖어 어둠 만지며
귓가에 장대비는 더 내게 비를 내려요

칠흑 속을 가는 부름처럼
하늘 아버지 목소리가 들려요
칠흑 속을 오는 부름처럼
하늘 어머니 목소리가 들려요
하나님 손바닥에 새긴 다 이름을 불러요

풀잎에 나무들에 꽃들에
미안타 미안하다
배고프지 배고팠지
어서 많이 먹어라 배부르게 먹어라

들려요

주룩주룩……

여름 속에 가뭄 비

그 숨소리

길에도 바위도 숲에도 들려요

먼 길을 집까지 들려요

저기 달 봐

저기 달 봐
달은 하나님의 손
항구의 주먹

무서워라 한 방 있었나 봐
밀려오고 굽이치고 일렁이는
깨어지고 부딪치고 으깨지며 비틀대는

파도
파도, 파도
그리고 잔잔해지는 바다

저 모습 그 빛 무서워라
눈감고 눈 비비고 눈 뜨고
주름 젊어지는 얼굴 오묘한 기술을 보라

하나님의 손
항구의 주먹

슬픔은 위에 별을 주고
허공은 아래 기쁨을 주고

바다는 잔잔하게 눕고
산 산은 차렷하고
나는 내 정신이 번쩍 들고

고마워라 감사해라
하나님의 손 항구의 주먹
기적의 힘

참나무

참나무는 산이 낳은
아버지 나무

참나무를 보면
아버지 닮은 나무

참나무는 많이 베어서
산이 우는 나무

참나무는 힘 있고
용감한 나무

아버지만 같아서
나도 우는 나무

살아서는 도토리
농사로 양식을 모으고

죽음까지 따뜻한 참나무
아버지

베어서 죽고
활활 불타서 죽고
숯불로 죽고

세 번을 죽은 참나무는
아버지

오동(梧桐)꽃 오후 저녁

오후와 저녁 나로 보는
오동꽃
그 마음이 또 다를까

오후에 본 꽃을
유년으로 하여
그 시절은 청춘만으로 하고

저녁에 본 꽃을
장년으로 하여
그 시절은 노년만으로 하고

그게 웃음이 나고
그게 눈물이 나고
그게 달빛과 구름 사이에 있다

첫딸을 낳고
아버지가 오동나무 심은 뜻은
시집갈 때 정성껏 장롱을 짓고

노인이 별세하면
우리들이 오동나무 심은 뜻은
고인의 입관으로 정성껏 관을 짓고

유행가처럼 살고 잊고
판소리처럼 잊고 살고
唱! 오라 오라 오동잎에 歌! 가라 가라 달빛에

고드름

거꾸로 선 탑이다
그 발상이 얼마나
힘이 든 과정일까
하늘의 것 지상에 보여 줌이다

누군가는 그런 발상이 필요하고
집에도
사회에도
나라에도 큰 도움 될 것이다

밤 고드름 크는 것은 정상이고
낮 고드름 녹는 것은 하산이다
정상에 하산까지 고드름 찬란한 빛은
가르침이고 낮춤이고 비움까지다

고드름을 배우자

녹으며 여전히 빛을 발하는

머리부터 발끝까지 녹아 흐르는

방울방울 얼마나 아름다운 모습인가

낮달

아기의 모습이다
앉다 기다 하다가

더 좀 바라보면
걸음마한 모습이다

살다가 보면
나이가 들다 보면

노인이 되는
노력을 해서

지그시 뜨고
실눈이 보며

살면
너도 나도 올 날의 영상이다

늦가을

그토록 곱고 붉은 가을이

가을이
허공 끝 넘어서도
가을이었으면

여기서 가고
거기서 오는
가을이었으면

까만 씨눈
해바라기 목
흰 달빛 이승 저승 문이었으면

겨울 봄여름보다
가을이 더 좋은 사람들

2부

그리운 사람

붉은 사랑

감이 붉은 마을에 갈색 모자를 쓴
남자가 찾아왔다
짙은 주름의 얼굴 흰 머리칼이 모자 귀밑
뒤로 길게 굽어져 있다
붉은빛 체크 정장에 갈맷빛 타이를 매고
가지런한 노년 가까운 신사였다

마을에 들기 전 독녀의 소식을 전해 들은 듯
난해한 표정 무엇에 응시한 회안들이
바람에 일고 있다
벌써 이태 전 여름이 다 갈 무렵
그녀는 가을 하늘나라로 갔다

한 가치 담배만 사랑이 달콤했던
입술처럼 짙게 빨려 허공 속 토해 내고
흰 연기는 단풍이 젖은 감잎에서 스밀 뿐
붉게 맺힌 감에는 귀함인 양 조금도
그 연기가 닿지를 않았다

이내 발길을 돌리는 남자 들길을 지나 언덕을
향하는 곳은 저녁노을이었다

잔치 같은 사랑

많은 손님이 다녀간 것이 마음인데
잔치를 하고 쌓이는 그릇이 마음인데
그릇에 묻은 찌꺼기도 마음인데
그릇을 깨끗이 씻은 것은 몰래
감추고 숨긴 마음인데

그런 모습이 사랑인데
내 사랑인데

하객들은 다 돌아가고
텅 빈 곳에……

무리처럼
홀씨처럼
우리 속삭임들이……

얼마나 많은 잔치를 치러야
가슴이 채워질까

벽공의 사랑

벽공은 너와 나의 푸른 하늘입니다
그 안에서 동행하는 나의 사랑이 있다면
얼마나 큰 사랑일까요

저 많은 별 중에
너 하나의 별이 있듯이

그 많은 사람 중에
나 하나의 달도 있음입니다

별은 매일 변함이 없이 반짝이지만
달은 크고 작아지고
작고 커지는 일이 반복됩니다

우리는 서로
달 같은 희생의 사랑이 있어
별 같은 한 사람이 있을 수 있는
사랑이 존재합니다

나보다 사랑하는 대상을
더 먼저 생각하고 위로하고
아쉬워하는 마음입니다

벽공의 사랑은
희생과 고통이 따른 것을
세상으로 인도하는 것입니다

사랑

사랑은 알몸에 옷을 입혀 줍니다
사랑은 없는 것을 있게 해 줍니다
사랑은 마음 힘이어서
물 위에 산을 올립니다

그리워라

당신 곁에 있으면서도
난 슬픔입니다

사랑은 너무 좋아서
허공에 줄을 매어 그네를 타게 하고
사랑하는 당신은 내게 사슴의 계절을 줍니다

외로워라

어제는 산에 올라올라
은하수에서 들꽃을 담아 오고

오늘은 산에 올라올라
달 속에서 알밤도 주워 오고

당신을 사랑합니다

나는 너의 차 너는 나의 차

나는 너의 차 너는 나의 차
너는 나의 차 나는 너의 차
가끔은 내가 그대의 차 한 대이고 싶은
마음입니다

힘차고 아름답고 예쁘고 근사한
그대 당신이 기대되는 삶의 온 생각을
차로 하여 있고 가고 싶은 곳에
아주 먼 데까지

언제든
당신이 시동을 걸고
이곳저곳 여기저기 사방팔방
가고 싶고 보고 싶은 곳에
핸들을 돌려 보세요

나와 너
당신께 예한 바퀴로
어디이건 굴리어서 가고
사계절 원하는 곳에
언제나 바퀴는 닿겠습니다

음악을 틀고 노래를 하고
채찍을 들고 소리를 내고
속삭이고 이야기하고

짐도 싣고 기적도 싣고 세월도 싣고
고난도 즐거움도
날마다 달마다 백 년 일생
당신 사랑 중 기쁨 속에 있는
차 한 대이고 싶은 나

하늘 같은
임 싣고 사랑을 싣고
신나게 달려가겠습니다

너는 나의 차
그리움은 은하수 천국까지 동행해 주렴

마음씨

찾아서 가는 길
발병도 마음씨입니다

부은 손등에서
고단한 모습들이
진정한 마음씨입니다

힘든 삶에도 내색 없이
살아가는 솜씨가
진정한 마음씨입니다

눈에 보이지 않는 것이
보이는 그 마음이
진정 사랑의 마음씨입니다

그리운 사람

지금 놓치면 영원히
영원히 놓칠 사람이 있습니다

지금 놓치면 영원히
영원히 못 볼 사람도 있습니다

지금 놓치면 영원히
영원히 사랑 못 할 그 사람이 있습니다

그때가 인연입니다

지금 나를 사랑하고 있는
사람이
그때
바로 그 사람이 될 것입니다

너는 나를 처음 볼 때
참 예쁜 얼굴인데 못났다로 몰래 바꿔서
오랜 지금까지 매일
오늘 더 잘난 모습을 보고 있으니

나는 그 작전이 자랑이고
죽는 날까지 사랑이고
행복입니다

부부 사랑*

수억 광년을 가장 빠른 속도로
달려와서
초의 거리를 시간으로
살고픈 내 사랑입니다

사랑하는
부부입니다

점찍어 준 곳에서
그대까지는 방랑자이고
짝으로 살아갈 서로의 날들은
나그네

정녕 없고 있고픈 눈물입니다
……

사랑이란!

영혼의 높이보다 정신의 깊이보다

더 자랄 수 있고

더 깊은 뿌리가 있을 것 같아

인생은 어차피 사랑과 시작이

우리가 알 수 없는 끝이 존재합니다

그대를 사랑합니다

나는 당신이 오는 그 마음을 지니고 있습니다

내 마음 아주 깊은 곳에서

당신을 사랑합니다

* 부부 사랑: 부부이기 전은 방랑자이나, 서로를 찾아가는 마음은 나그네이다. 살다 죽으면 헤어져야 하고, 결국엔 서로 머물다 떠나야 하기 때문이다.

저기 순심이가 온다

봄
언덕 위에 검은 바위 있고
잠 깨고 눈 비비는
아직 꽃망울 피지 않은 꽃

순심이는
두견새꽃
참꽃
진달래꽃

4월 봄
갑돌이는
언덕 위 흰 바위 뒤에 숨고
저기 순심이가 온다

바위 무릎 위에

갑돌이 가슴속에

피는 줄 모르고 활짝 핀 진달래꽃

봄이면 앓아눕는 우리들의 지병

너만 알고 나는 모르는

나는 알고 너만 모르는

순심이의 지병

갑돌이의 지병

진달래꽃 활짝 핀 언덕 동산 약산에서

둘의 사랑이 맺히겠다

사랑의 논문

사랑은
실컷 사랑을 해 놓고
배부르게 사랑을 하고

사랑은
이별이 오고
떠나는 것입니다

사랑은
가깝고 멀리 있어도
배고프게 흔들리는 것입니다

사랑은
사랑을 해도
이별을 해도
철부지처럼 자라는 것입니다

사랑은

공간의 접착제가 있어

영원도 보고

또 영원히 찾는 것입니다

나와 나 사이

사노라면 가끔은 홀로를 생각하며 나는
나와 나 사이를 나와 너 사이로 생각하거나
너와 나 사이로 바꿔 볼 때가 종종 있습니다

사는 것이 사랑을 하고 둘인 것이 하나가 될 때가
내게도 온다는 사실은 필연입니다
깊게 나이도 들고 주름도 깊어 갑니다

그래서 나는 종종 가끔은 생각을 연극처럼
사실처럼 들어 쓸쓸히 낙(樂)일 때도 있습니다

나는 나를 잊고 찾을 때도 있고
나는 너를 버리고 헤맬 때도 있고
노숙도 하고 허공도 세상도 캄캄할 때가
있어야 참으며 필요함입니다

오늘은 만날까? 잠든 너를 찾는 나
어느 거리 어느 별 어느 공원 어느 지하도
그래야 찾는 너 그래야 찾는 쓸쓸한 외로운 나

이런 상봉이
나와 나 사이를 참 밝게 달래 줍니다

아버지 역 어머니 손님

아득히 주름 많은 나는 아버지 역에서……
돌아보면 주름을 펴고 어른에서 청춘에서
아이로 그 옛날 그리워 가고 있으니

오 시냇가 옛 고갯길
보리밭 종다리 찔레꽃 뻐꾸기
장독대 나팔꽃 살구꽃 봉숭아

열 손가락에 꽃물이 드니
두 손 잡는 아련한 손길
어머니 품속 그 따뜻함……
눈 감고 눈 뜨면 쉼……

다시 눈 감고 눈 뜨니
홀로 어머니는 없고
산 넘어 강 건너 한없이
다시 오고 있으니

사무친 울음
두 손에 옮겨 온 물방울이

똑똑똑

다시 주름만이 흐릅니다

그리워라 날 울린 어머니……
다시 온 아버지 역에서
내 눈물 기다립니다

사랑과 이별

사랑은
살 속 뼛속 안으로 새겨져 있고
이별은
핏속 실핏줄에 동여매어 밖으로 끝도 없이 흐른다

사랑이란!
사랑의 살 속을 열면
풍선 같은 별들이 줄지어 반짝이고
사랑의 뼛속을 열면
구름 같은 은하의 별들이 노을처럼 빛난다

이별이란?
핏줄을 열면, 방울방울 눈물 흐르는 헬 수 없는 것
올올한 핏물 빗물*
빗물 핏물 흐르는 것이
으깨지고 부딪치고 깨어진 것이
긴 파도……

알 수 없는 끝없이 흐르는 아득한 것이
떠나간 임의 것으로

사랑과 이별은(垠)
먼 훗날
돌아와 바다와 바다를 이어 주는 것이 아닐까
별들 은하수들이 다시 오는 것은 아닐까

* 올올한 핏물 빗물: 곱게 한마음이 담김, 한 가닥 한 가닥.

화음(和音) 비

당신을 사랑합니다, 우린 헬 수 없어요
그대와 나 밤하늘 보면
은하수에서 투명한 비가 내려요
별들이 반짝이고 하늘은 더 푸르게 밝게 빛나요
저 멀리서 오는 빗방울을 보셔요
멀리 가까이 내려오는데 투명한 화음비가
지상을 온통 환하게 밝혀 주고 있어요

당신을 사랑합니다, 우린 헬 수 없어요
그대와 나 지상에서 하늘을 보면 꼭 쥔
우산을 펼쳐서 함께 받쳐 들어요
은하수길 투명하고 빛나게 악기를 틀고
노래를 하며 우리 함께 춤을 춰요
화음 비가 하늘을 온통 환하게 밝혀 주고 있어요

당신을 사랑합니다, 우린 헬 수 없어요
그대와 나 지상에 하늘을 마주 보며 글썽인,
사랑 환하게 투명한 화음 비가 내려요
우리 함께 노 저어 가요
저 푸른 하늘을 세계가 한배를 타고
은하수 갈 날이 있을지 모르잖아요
아! 무지개 핀 이 그리움
화음 비가 우리를 온통 환하게 밝혀 주고 있어요

구시렁구시렁

흉내로 구부려도
그리움이 많고

처마 밑 뜨락에는
외로움이 많고

나무 밑 그늘에는
쓸쓸함이 많고

구부러진 지팡이는
보고픔이 많고

산기슭 계곡에는
아이들의 소리

가재 돌멩이 노는
이야기가 많고

구시렁구시렁 말씀은
할아버지의 기쁨
좁고 넓은 속소리

즐거운 표현

내가 나를 좋아한다
나를 내가 좋아한다

그것이 그로 남을 좋아하기 위한
즐거운 마음이라
생각하기 때문이다

나만을 위해
오늘도 내가 나를 좋아한다
내일도 나를 내가 좋아한다

오늘도 즐거운 표현을 한다
내가 나를 좋아한 것처럼
내가 너를 제일 사랑한다고

고래 등 타고

고래 등 타고
결혼하여 신혼여행을 바다에서 하면
이 세계 저 세계의
모든 푸른 하늘이 다 보여
우리는 우주에 있는 별들을 모두 셀 거야

고래 등 타고
환한 달집 짓고 살면
수평선 넘어온 바람이 불어 행복할 거야

내 사랑이 그렇게 할 거야
바다처럼 출렁일 거야

파도치는 사랑아
아! 내 사랑아

옮겨 온 사랑

상한 갈대숲에 푹푹 눈이 내리고
죽은 듯 엉킨 덤불 속 찔레 가지에
굴뚝새 한 마리 앉아 봅니다

똑딱똑딱 너무 추워서
볏집으로 지붕을 해이고
모락모락 저녁연기 피어오르는 곳을
사람들 탐색하며 날아 봅니다

그리 많지 않은 대나무 숲이 조금씩 커 보이고
마디마디 단단한 겨울나는 늘 푸른 잎이
반 평쯤 울타리 속에

오늘은 함께 이사 온 사람
굴뚝새는 몸 마음 포근히 잠들어 봅니다
내일은 또 상한 갈대숲을 돌아볼 일
난 굴뚝새 사랑이 더 이고 싶습니다

구름이 끼고 더 눈이 내리려나 봅니다

바닷가에서

바다에 오니
바다와 하늘이 맞닿아서
사랑이고 싶어라

모래 위를 걸으니
모래알만큼
사랑이고 싶어라

소라 귀 보니
밀려오고 밀려가고
하얗게 부서지는 그 파도
사랑이라 싶어라

너와 나 수평선으로
만선이 귀국선이
뱃고동을 울리며 멀리멀리 퍼지면
내 사랑이고 싶어라

채워도 채워 보고 싶은

바다는

너와 나

사랑이고 싶어라

사랑은 어느 순간
한 발짝씩 이동한 것

몰래 따라가고
어느 순간 너와 만나고
노력하고 고백하고 사랑하게 되었다

일생 중
한 발짝 이동한 것이다

순간순간 사랑이고 잊지를 않고
어디까지 떠나가면
어디만치 돌아오고

집이 있지만 머문 곳 아니고
하루 한 발짝 이동한 집이다

1년 365발짝을 이동한 사랑으로
사랑을 살다가 보면
일평생은 몇 발짝을 이동해 산 것일까

그토록 예까지 있고 왔고
너와 나 얼굴에 주름이 깊어지고

우리 마주 보는 얼굴이
나의 주름이 너의 공원으로
너의 주름이 나의 공원으로

내 사랑은
지금 어디쯤 온 공원일까

당신 사랑이

당신 사랑이 최고의 사랑입니다
상상의 가치도 주고
무한의 경치도 주는 사랑입니다

사랑 주는 행동이
사랑받는 마음이

삶으로
열 손가락이 한 것처럼
열 발가락이 한 것처럼

착하고 섬세한 것이
능숙하게 되고 싶은 내가

도공이 빚었고
화공이 그리고
서예가로 쓰이고

참으로 되어 보고
가고 싶은 사랑입니다

당신을 위한 사랑이
언제인가는 저 끝에 걸려야만 하는 작품인데
나는 영원의 과정이고 싶습니다

어머니

어머니 돌아가시고
뵐 수 없어

물가에 오면
어디로 흐르는
물

물은 어머니시고
나는 물레방아여라

햇빛 없고
물 마르고
물방아 끄고

가끔 안 보여
캄캄한 구름 속에 빠진
그 마음이

나는 숨 쉬고 싶어
숨 쉴 수 없는 어머니
나 어머니
어머니를 불러 보고 싶습니다

보고 싶은 어머니
어머니

3부

세상 건너가기

고석

장독대 그늘 사이
홀로

간장아 맛있어라
된장아 맛있어라
고추장아 맛있어라

장아찌도 맛있어라
깻잎도 맛있어라

백팔 가지
기도하는 어머니입니다

곁에 대숲이 있고
밑에 봉숭아도 있고
뒤에 백도라지 청도라지 있고

응원하고
기도하는 아버지입니다

피리 불며 가자

허공에서 오는 소리
땅에서 보내는 소리

군복 입은 흑백사진
부모님 전상서
피리 소리처럼

구성진
아버지 어머니
어머니 아버지
글, 그리운 60년 전 편지를
다시 읽어 봅니다

피리 불며 살자
피리 불며 가자

꽃도 피리 불고

나무도 피리 불고

거리도 피리 부는 세상에 살자

입술

입술을 작은 나의 부부다
매일 보고 배우는 것이다

닿았다 떼었다 오므렸다
따라서 사랑하는 것이다

윗입술은 하늘 남자고
아랫입술은 땅의 여자다

네 생각을 내게 보여 주는
마음의 것 참한 실물이다

입술이 사랑을 할 때에
하얀 치아가 보이는 것은

나의 울타리로 생각하라
마음 울타리 속에 있으니까

꼭, 배워서 따라서 하라
복받고 즐겁고 행복하니까

나와 너 작은 부부로
보인 곳을
잘 보고 잘 살펴 살아 보자

안동 간고등어

여름 밥상에 오른
안동 간고등어

입안에 오물 오몰
옛이야기로 있고픈
그리움 속 엄마다

할미의 입안에 든
살과 손과 그 얼굴빛
아기 손톱에 젖빛이 고인 모습

맛난 두 손이 닿은 아기가
엄마 젖을 빠는 것 같다
간고등어가 할머니의 젖이다

노인

노인이면?
몸의 흔들림이 있다
길 갈 때 부딪칠까 두렵다

가을이 곱다
단풍이 들고 떨어지는 일이

나들이 바람이 불어
가랑잎 뒹구는 모습이
노인이 가는 흔들림이다

봄여름 꽃이 흔들리듯이
끝에 있는 낙엽도 가랑잎도
노인의 길은 함께 꽃이었다

화장실

화장실 변기처럼
가슴이 되자

화장실 기둥처럼
보이는 사람들이 되자

화장실 세면대처럼
씻어 줄 그릇이 되자

화장실 간판처럼
오고 가는 마음이 되자

화장실 생각처럼
판단하는 사람이 되자

화장실 모습처럼
무엇도 누구도 사랑이 되자

화장실 얼굴처럼
우리 모두 보임이 되자

물 낚시

산 날이 많아서 언어의 잘못이 있고
살날은 적으니 언어의 잘못이 두렵다

산 날은 두고
살날을 밤낚시 가자

두 발 긴 곧은 대나무 끝에
솜으로 꼰 실 줄을 길게 매어서
멀리 깊게 줄을 던지자

심해는 하늘이 감춰 둔 물
손끝 가득 한 줄로 당기어서
집으로 오자

물고기는 놓아주고

새벽 물은 흙터를 혀에 씻어 주고

온전한 혀로 솜 밴 그 물을 짜서

작은 나무 이름 모른 들꽃 풀잎에 주자

세상 건너가기

우(牛) 한 마리로
풀씨를 밟고

세상에서 세상이 없는 곳으로
건너서 가고 싶다

코뚜레 말뚝 망치를 갖고
세상에서 세상이 없는 곳으로
건너서 가고 싶다

풀씨를 밟고 온 발이 어둠뿐인
게서……
빙 돌아 발자국을 내고
날 새워
풀씨 돋아 풀밭 크는 곳 그동안

망치로 말뚝 박고 코뚜레 하고 매여
묶여서 푸는 시간 위에 있고 싶다

흙터로 기둥을 세우고
약으로 난간을 치장하고
징검다리 건너서 새 세상이 있고 싶다

봄바람 까치집

나뭇가지로 정성 들여 집 짓고
새끼를 치고 부모와 어린 까치는 어디로 날아가고
덩그러니
돌아오지 않고 빈집으로 남아 있습니다

새들은 까치처럼 모두 같습니까?
봄바람 불고 까치집 보고 답은 찾지를 못하고
휑하니 늙고 나이 든 것을 자랑으로 이어 봅니다

늙었다고 오래 살았다고 수고했다고
하늘이 칭찬하여 토닥이니 내 키는 줄어들고
하나님이 칭찬하여 얼굴 쓰다듬어 주시니 머리 빠지고

늙고 나이 든 것이
하늘의 칭찬
하나님의 칭찬 같아서
늙고 나이 든 것이 자랑이라 생각됩니다

오늘은

답 찾지 못한 덩그런 까치집으로 옮겨서

풀지 못한 일 아련하여……

늙은 아내와 함께 삶의 가치를 생각해 봅니다

아무렴

빈집이 있는 까닭은

새집에서 새 일을 새것으로

생명에게 주고픈 까닭입니다

까치집에도 봄바람이 붑니다

과거

얼굴을 지우고 자른 흰 꼬리로
이력서에 사진을 붙이다
196(?) 몇 년
십일월 모래 내 뒷산
무악재 바위라 쓰고
잠이 무서웠다 쓰고
달은 밝고 별들은 반짝이고
시린 바람이 맑고 몹시 찼다 쓰고
눈이 내리고 파출소에 난로도 피웠다 쓰고
몇 번을 그리했다는 숨기고 싶어 그렇게 쓰고
반파된 철거되는 뻥 뚫린 지붕 아래서 달 보며
별 보며 잠잤다 쓰고
철길에 누워 차가웠다 쓰고
세월이 흘러 흘러서
아픈 짐승은 돌들이 좋아하고
폐병 앓는 나무는 풀들이 좋아하고
그래서 숨이 아파서 풀잎에 피 꽃이 피고

작은 기침에도 풀잎들은 깨알 같은 녹두만 한
꽃을 피워 줬던 것을 쓰고
멀리 부친 메주에 슬픔을 낀 금반지 몇 돈을
고향이라 쓰고
어머니라 쓰고
아버지 빚진 것을 쓰고 나는 못 갚고
차마 못 쓰고를 쓰고, 나는
아직도, 지금도, 눈이 내린다

마음을 낳는 암탉

비탈에서 암탉이
햇빛을 쪼아 옮겨 봅니다
알 낳는 일입니다

골목에서 수탉이
어둠을 지고 옮겨 봅니다
알 품는 일입니다

가난한 별
배고픈 별
삐악삐악 소리 냅니다

가슴은
빗물을 끼고
흰 눈을 덮고 하니
세상의
밖을 볼 수가 있습니다

그래서

마음을 낳는 암탉이 생겨나고

그래서

가로등 빛 수탉도 생겨납니다

바늘꽃*

물의 행동을 하며
살자

빛의 생각을 하며
살자

공기의 모습을 하여
살자

허공의 그릇을 하여
살자

모두 북 치며 살자

* 바늘꽃: 강인함과 의지를 의미한다. 바늘이 지나간 곳은 아름답다(바늘이 옷에 수를 놓기 때문).

골목길 오솔길

골목길에서 눈사람을 만들고 아들이
가슴에 아버지의 이름을 달아 둡니다
그날을 오래 둘 일은 눈사람이
마음속 일기장이기 때문입니다

눈사람 하얀 일기장을 안고
골목길에 온 것은
그 길이 오솔길이고 꽃 피고
바람이 부는 숲이기 때문입니다

촉촉한 그 자리는
꽃이 피고 숲이 아름다웠습니다

간절히 빌고 날아갈 시간
그만 새 되어 앉아 봅니다

전깃줄

전봇대 위에 전깃줄이
스무 가닥
서른 가닥

검은 피복 속에 숨겨진
붉은 동선들은
간절한 마음이다

강 건너고 산 넘으면
길에 서 있는
높은 공중의 긴 전깃줄들이

빛도 주고
소리도 주고
소식도 주니

그 고마운 줄
우리 마을 전깃줄이다

길

행동이 없으면 마음의 길은 없다

산에 가야 산 길이 있고
강에 가야 강 길이 있고
들에 가야 들 길이 있다

나로 가야 할 길이 있어
내가 찾아야 그 길이 생겨난다

그냥 바라만 보면
윤곽일 뿐 생각일 뿐 마음일 뿐
우리가 삶으로 취할 바는 아니다

거울을 보고 나를 보는 것은
그냥 있음으로 할 뿐

눈 코 입 귀 손발을 씻고
다듬고 가꾸고 화장을 하는 것은
몸의 모양도 길이어서
나의 모습 길이 생겨나는 것이다

길은
묻고 찾고 배우고
가꾸고 만들면서 가는 것이다

12월 생각

푸르던 나뭇잎이 지니 벌거벗은 앙상한
나뭇가지들이 가난처럼 느껴 옵니다
한 해의 삶이 반성처럼 돌아가는 마음
그런 생각이 비움이다 느낍니다

12월 첫눈이 내립니다
이 순간 모두 비운 앙상하던 생명들 아래
내 발밑 신발보다 더
낮은 곳에 있는 새하얀 눈이

생명들에 주는 하나님의 것
새것 같아서 마음 같아서 힘 같아서
하늘의 별이 몽땅 내린 기쁨이 흰 눈 같아서

잠잠한 너의 마음이 남쪽서 오고
나의 마음이 북쪽서 와서
서로 다르지만 우리

주고 싶은 것 생겨나서
새로이 운반할 사랑으로
너와 나 삶의 짐을 지고
새날 새것처럼 시작해 보렵니다

가슴속 책 한 권

사랑은 가고
이별이 오고
못 견딜 이 강변에
서서 물속을 보니
당신도 울고 있었다

눈물을 닦아 주고 널 씻어 주고
밤 발길을 돌리는 그 모습
돛단배 하나 저 멀리 사라지는데……

오랜 세월이 흐른 지금은
밤하늘이 물처럼
저 밝은 달이 당신처럼
하늘에 달을 씻는 마음의 켠
그대가 넣어 준 것

가슴속에 책 한 권이 있습니다

이렇게 쓰자

손과 발의

행동은

마음 것에 있게 쓰이고

혀와 입술의

마음은

행동 것에 있게 쓰여서

꼭 맞는

모자를 쓰자

메모

메모는

꾹꾹 눌러써야 하고

메모는

꽃이 보이면서

메모는

푸른 멍이 있어야 한다

그래야

오래오래

기억에 남아 있고

메모는

두어서 그대로 있고

때로는 찾아서 주기 위해

말미(末美)가 있는 것이다

그로 내가 늘 사랑할 것이다

놓치다

나무는
열매를 놓치고

잎새는
나뭇가지를 놓치고

젊으면
시절을 놓치고

늙으면
인생을 놓치고

놓치다
땅으로 돌아가고

놓치다
하늘로 돌아가고

싫은 것도 놓치고
좋은 것도 놓치고

놓치다 지구에만 있다 하고
놓치다 천국에는 없다는데

최후와 영원의 고민은?
높이와 바닥 구름과 빗방울 사이를 주는
사랑 그림자에도 보석 반지가 끼워져 있다

빙빙 돌아서

집에서 밖으로
밖에서 집으로
빙빙 돌아서 왔다

볼 것도 있고
빙빙 돌아서
많은 구경을 했다

아픈 것을 모르고 있으니
모르는 것은 아픈 것이다

빙빙 돌아서
멀미약도 사 먹고
빙빙 도는 것은
찾아서 공부하는 것이다

빙빙 돌아서 연애도 하고
빙빙 돌아서 사랑도 하고

빙빙 돌아서 보니
빙빙은 그리움이다

빙빙 돌아서 사는 일이
난 행복하다
너도 그렇다

나

뼈는 진리다
살은 소망이고 희망이다
피는 진실이다

나는
스스로
제일의 창조다

먼저
나를 보고
매일 하고픈 말이다

다음
우리를 보고
매일 하고픈 말이다

불편을 공감하기

하늘이 있어
생명이 있고

생명이 있어
시간이 있다

하늘에서 생명을 만들었고
생명들이 시간을 만들었다

하면
잘못된 표현일까
고민해 봐

그래도 한
생각이 즐거워서
마음까지 편안해진다

파도

파도를 보며, 눈물은 없고
미소만 있던 시절이 부끄러웠다
꿈속에서 파도는 절벽을 무너뜨리고
높이는 더 커져서 보인 시절이 있다
오백 년 삼천 년 만 년 만의 무너지고 다시 선
절벽을 보며 즐거워한 것은, 아니다 싶고

그러나 지금에 와서
판검사 사장 교수 장관 장군은
정상(頂上)에 서면 숙여서
파도 앞에 작아지는 돌을 기도하고

돌아서 보면
바다에서 그때 파도는
책들이고 활자가 고단함이고 밤샘이고 피땀이고
세상은 무엇을 만들어야 하여 필요일까

그때 간절한 노력이란
또 칼집이고 칼이고 칼 뽑아 전쟁이고
패하기도 하고 승리하기도 하고
고시 합격하기란 하늘의 별 따기라 하여
머슴하고 동냥하고 농촌의 개천에서 용 난다는
시대는 가고

고난을 인내하고 사랑하고 친구 하고
오백 년 삼천 년 만 년이 돌아가고
암행어사 출두요
밀려가고 밀려오는 파도
곁에 항상 일 년이 있어 준 생각이 든……
세상이 오라

가끔은 우는 나무

철 안 든 녀석이 군대에 가서
부모님 전상서라 편지 쓰고
처음 울었다

그때 일생을 심은
후후 나무*가 힘 부친
발끝에서 귀까지 눈까지 올라
십 년 오십 년을 지나왔는데
고비 절벽에 올라온 그때 보임은
얼마나 아름다운 것이냐

푸르다 시들고
시들다 푸르고
곱게 단풍 들고 단풍 들고
앞의 후후 나무가 돌아가고

뒤에 남은

또

언제나 있을

후후 나무는

자꾸자꾸 눈물 납니다

* 후후 나무: 대대로 후손들, 아버지 아들을 뜻함.

오동나무

마음 한 곳에 아득한 고향이 있고
두고 온 거기에서
넌 나랑 난 너랑 있고

혼삿날 받아 둔 큰누님이 있고
달 전 나보다 먼저 하늘로 간 남동생을 떠올리고
아버지 어머니 모습 일생을 생각하고

그날은
달빛 햇빛도 쨍하여 가을이 곱던
옛날이었으면 꼭 웃음을 지어
보고 싶어……

지금은
달빛 햇빛도 구름이 가려 추적한 비가 내려
너무나 구슬프게 애달프게
간 오늘이 더 쓸쓸하게 눈물을 지어
보고 싶어……

반만 젖고 반은 마르고
밖 오동나무 자람이 곧게 선 곳에
넌 그냥 시인
그댄 김삿갓 시인님

그 곁에서
십 미터 붓 오동나무 오동잎 오동꽃
써 보노라

피리를 불어 주자

피리를 불어 주자
귀 기울여 조용하게

피리를 불어 주자
용서하고 사랑하게

피리를 불어 주자
다투고 싸우지 않게

피리를 불어 주자
받아 주고 들어 주게

피리를 불어 주자
이목구비(耳目口鼻) 바르게

4부

길을 묻다

혀

혀는 내 안에 나고
혀의 일생은 학생이고
혀 이름은 말씀이다

윗입술은 남선생님
아랫입술은 여선생님
하니
이마에는 하나님의 말씀도 사탄의 꾐도 있고
그래서 가슴속에는 책들이 가득하다

입술로 가르치고
혀로 배워서 찾아 쓰고
살과 뼈와 피는 기도를 하자

푸른 몸인 것은
손과 발이 선해야 혀가 아름답고
혀가 선해야 손발이 아름답고요
하니 내 것을 전하지요

귀와 눈은 혀의 쓰이는 문답이라 하고
코는 입술의 쓰이는 도구라 생각하는
나 안팎의 세상이

좋아라

열매와 양식

슬프게 맺힌다고
열매를 보고

함박웃음을 짓는다고
열매를 알고

보고 알고 한 것이
양식이 되었다

보고 아는 일이
생각이 즐거웠고
쓸쓸한 그 마음이 깨달았다

오늘 하루도

물맛에 아침을 느끼고

빛으로 오후를 느끼고

바람이 불어 저녁을 느끼고

눈이 감기니 밤을 느끼고

오늘 하루도 끝에서

한 가지 한 가지 일에

하나님의 은혜와 사랑을 느낍니다

노인과 낙엽

낙엽이 바라보는 노인
노인이 바라보는 낙엽

눈빛이 마주치면
이 길바닥 저 모서리 있는
쓸쓸히 세상을 바라보다가

떠도는 우 떠도는 좌
노인과 낙엽
낙엽과 노인
뒤돌아보지 말고 멈추지 않고

훽 가자꾸나
억새꽃 날아 몸으로 기둥 세우고
구름 마음 길어 와 난간을 만들고
바람 기차 타고 가 보자꾸나

길 잃어서 기도하면
가도 없는 곳에 허공 길 생겨나서
가도 달려서 가면 저 멀리
천사가 있을 것 같아
마중역이 있을 것 같아

하늘 역 하나님 계신 곳으로 가자

만약

하루만 비바람 치고
이틀도 비바람 치고
많으면 삼사 일도
비바람 치곤 했습니다

그리하면은
열흘도 보름도 한동안은
맑고 밝고 깨끗하고
상쾌한 날씨가 더 많았습니다

머리가 아프고
눈 귀 코 입도 아프고
가슴도 배도 팔 다리도 아프고
손가락 발가락도 살도 뼈도
모두 아프고 했습니다

그리하면은

머리도 편하고

눈 귀 코 입도 편하고

가슴도 배도 팔 다리도 편하고

손가락 발가락도 살도 뼈도

즐거움이 더 많았습니다

만약으로 쓰시어

그래서 많은 경치가 아름답고 좋았습니다

그래서 세계는 사람들이 잘나서 예뻤습니다

조금만 불편하고 몇 갑절은 즐거웠습니다

고루고루 만약을 쓰시어 사랑으로 살리신

우리 하나님을 사랑합니다

호흡

팔다리가 있어
좋은 일을 하고도 달리고
싫은 일을 하고도 달린다

음식이 있어
맛있는 것을 먹기도 하고
맛없는 것을 먹기도 한다

그 마음 행동으로는
생각도 할 수 없는 부족이다

호흡만은 그러나
맑고 좋은 것만 있고 싫은 것이 없고
나쁜 것에는 절로 멈추고 토하게 한다

과연 내 다리는 어떻게 달려왔을까
과연 네 입맛은 어떻게 맞춰 왔을까
정리도 정돈도 없이 한 쓰임이었다

그러나 호흡만은 다르지 않나
한 숨 한 숨 한 뜸마다 고루
정리하고 정돈되고
그렇게 정신까지 맑고 깨끗하여지니

내 호흡만은 어쩌면
하나님께서 쉬지도 않고 주무시지도 않고
한 끼도 거를 수 없는
우리들에게 직접 먹여 주는
생명 밥이면 좋겠습니다

호흡은 지상도 천국도
하나님의 밥입니다

생각 중 생각

깨끗한 발이 닿는 곳을 가장 높은 곳으로 하자
깨끗한 손이 닿은 곳을 가장 낮은 곳으로 하자

눈으로 볼 때 보는 곳을 새것이라 하자
귀로 들을 때 듣는 것을 새것이라 하자

코의 향으로 세상의 이로움을 깨닫고
입의 맛으로 세상의 이로움을 깨닫고

눈과 귀는 처음의 것으로 하고
코와 입은 나중의 것으로 하자

처음도 나중처럼 귀한
나중도 처음처럼 귀한

발돋움하고 두 손 위에
눈 귀 코 입 모으고
끝도 처음처럼 새것으로 하자

이 모든 것을 이마의 농장이라 하고
하나님께서 주신 것으로 하자

생각 중 생각에 생각

허공을 보며

가도 가도 증명이 없다

허공이 가까우면
하늘이다 했다

먹구름 흰 구름
뭉게구름 노을구름을 보며

처음에 나는
하나님의 얼굴이
하나님 손발이 가까이 왔다
생각했다

오늘은
먹구름 흰 구름
뭉게구름 노을구름을 보며
하나님이 그린 그림으로 생각했다

내일은
먹구름 흰 구름
뭉게구름 노을구름을 보며
하나님의 마음 양식이 든 곳간으로
생각했다

밭골에 크는 마음

물로 가는 사람

작은 것이 졸졸 소리 냅니다
깊은 계곡이 엄마 자궁입니다
부딪친 돌과 넘어지는 세상을 배워
제법 흐를 줄 아는 아이

이제 돌(石) 외워 고 아래 모래로 모여
고였다 흐르고
떨어지며 흐르고
아래로 아래로만 흐름입니다

조금씩 조금 더 자라나서
개울물 시냇물 청춘이 되고
글처럼 노래처럼 고향 마을을 떠나와

객지로 도시로 해외로 나가
장년으로, 강물이 되어 바다에 이르는 것이
아직도 물은 아래로 아래로만 흐름입니다

암혹이었던 날
태초부터 하나님이 가르쳐 준 삶의 방법입니다
하늘 부모님께서 딴 방법 다른 사랑은
없다고 말씀하셨습니다

행복한 길 편안한 길

행복한 길
사랑보다 감사한 것이 없고
감사보다 사랑인 것이 없다

편안한 길
험악한 길 참고 넘어서 편안한 길이다
하나님을 아는 것보다 편안한 길은 없다

나의 선생님

나의
첫째 선생님은 부모님

나의
둘째 선생님은 학교 선생님

나의
셋째 선생님은 대자연과 만물

나의
끝의 선생님은 하늘에 계신 하나님

물과 빛

물은 어둠에 속해 지혜를 내고
빛은 밝음에 속해 진리를 내고

지혜와 진리는 공기를 만들어 도구로 쓴다
어둠 속에 나온 지혜가 밝음에서 가면 진리다

지혜와 진리에는 내가 중심이어서
그 중심에서 공기와 바람은
나로 지어서 도구로 쓰인 나의 진실인 것이다

물과 빛은 하나님께서 지었으니
하나님의 창조에 바탕이고
생명의 바탕이요
삶의 바탕임이 틀림이 없다고

오늘 이렇게 쓰고 생각한
마음이 행복하다

문고리

천국의 문 문고리는
시대별 구원자의 이름을 불러야 합니다

성부시대는 여호와 이름을 불러야 하고
성자시대는 예수의 이름을 불러야 하고
성령시대는 성령의 이름을 불러야 하고

그래야
문이 열리고 구원을 받습니다

성령의 이름
내 하나님께로부터 내려오는
새 예루살렘의 이름과 나의 새 이름을
그이 위에 기록하리라(계 3장 12절)

성경은 하늘 문
문고리는 하나님

겨울 바다

새해 내리는 첫눈이 여행 온 손님 같다
찬 바람에 추운 손은 외투 속에 있고
하늘과 바다를 멀리 보며 곰곰이 생각하니
우연한 생각이 머리를 스친다

수평선을 백지라 하고 쓸 문(文)이
바다가 된 물방울은 몇 개이며
실개천, 강물은 얼마나 될까?

밀리고 밀려오는 파도는 바다의 응답, 금 금
소리쳐 굽이치는 말씀은 많은 물방울 수를
내게 세어 주는 걸까?

태초에 하나님이 만들고 세어서 날리어 보낸 것으로
하나님만 알 일이다

아! 하얀 눈물 같다
춥고 시린 그 속을 바다는 알 듯

치유(治癒)

왜 참고 어떻게 눈물을 흘리느냐
문답은 치유입니다

자연과 대화하니 어울린 돌이 되고
돌에 눈물이 나니 난 치유입니다

내 눈물은 나의 치유이고
그 눈물이 강물에 섞이니
바다가 치유입니다

치유는 기쁨이 되고
사람과 사람 사이가 되고
즐거움이 되고 소통의 사랑이 되어
아름다운 세상이 되어 치유입니다

치유가 흐름이어서
사라짐이 아니기를……

하나님 뜻에 합당하니
하나님과 동행할 수 있는 자격이 되고
하나님의 자녀가 되니

나의 치유는
세상으로 나아가
하나님께 가는 것입니다

산울림

창세기에서
하나님이 만물을 지으실 때에
물고기를 지으시고 바다를 보고 말씀하시고
나무들을 지으시고 땅을 보고 말씀하시고

하나님이 사람을 지으실 때는
하나님과 하나님
하늘 아버지와 하늘 어머니
서로 바라보면서 지었답니다

이 땅의 부모님도 같은 모습입니다
세상에서 삶의 가장 큰 감동이었습니다

그 말씀이 들리고
멀리서 앞에 다시 오는 목소리 메아리가
우리 산울림으로 작게나마 알 듯한 일입니다

따라오고 따라가는 소리
눈물 날 것 같은 아름다운 소리

그대에 주는 사랑이
당신에 듣는 마음이
산울림……
뒤에서 다시 들리는 저 소리만 같습니다

벼꽃

벼꽃만치 피는 꽃이 세계에 있을까
벼꽃만치 지는 꽃이 세계에 있을까
벼꽃만치 사랑의 꽃이 세상에 있을까

이 생각 저 생각 들녘에 앉자
벼꽃을 보며 예수 꽃이라 했다

배고픈 사람에 밥 되어 주고
착한 사람에 떡 되어 주는
벼꽃의 마음

벼꽃에 기쁜 나는
또 대학 꽃 선생님 꽃이라 했다
또 병사 꽃 장군 꽃 농부 꽃 백성 꽃이라 했다
또 벼꽃은 나라꽃이라 했다
또 임금 꽃 부모 꽃이라 했다

이 생각 저 생각 들녘에 앉아
벼꽃을 보며 예수 꽃이라 했다

영적인 것과 육적인 것

영적인 것을 바라보고 찾는 것은 내가
하나님을 만나고 하나님을 아나니 지혜로움이다

영적인 것은 삶이 영원하니
우리가 천국으로 돌아가면 늘 처음같이
새것으로 영원히 사는 것이다

육적인 것은 언제나 헌것이다
육적인 것은 이미 있던 것이 다시 있겠고
이미 한 일을 후에 다시 할지라
해 아래는 새것이 없나니(전도서 1장 9절)

우리는 천국으로 돌아가야
언제나 새것으로 영원히 사는 삶이니
영원한 것은 영원히 새것이다

천국을 사모하며 육적인 도피성 죄악을 씻어 내고
먼저 본향을 그리워하고 하나님을 알고 말씀 듣고
따라서 실천을 하는 것입니다

하나님은 세상 만물을 창조하셨으니
우리가 기쁘게 해 드려야 본의 마땅하고
우리는 영원히 살겠고 사랑받고 행복하고
기쁨이 충만할 것입니다

하늘 아버지 어머니를 아는 것은 진실한 지혜입니다
세상의 진리는 모두 하나님으로부터 나온 계획된 일입니다
하나님을 아는 것은 성경 율법을 지키는 것입니다

감동에 감동을 더한

성경 시편 제19편
하늘이 하나님의 영광을 선포하고
궁창이 그 손으로 하신 일을 나타내는도다

날은 날에게 말하고 밤은 밤에게 지식을 전하니
언어가 없고 들리는 소리도 없으나
그 소리가 온 땅에 통하고
그 말씀이 세계 끝까지 이르도다
하나님이 해를 위하여 하늘에 장막을 베푸셨도다
해는 그 방에서 나오는 신랑과 같고
그 길을 달리기 기뻐하는 장사 같아서

하늘이 이 끝에서 나와서 저 끝까지 운행함이여
그 온기에서 피하여 숨은 자 없도다
여호와의 율법은 완전하여 영혼을 소성케 하고
여호와의 증거는 확실하여 우둔한 자로 지혜롭게 하며
여호와의 교훈은 정직하여 마음을 기쁘게 하고
여호와의 계명은 순결하여 눈을 밝게 하도다

여호와를 경외하는 도는 정결하여 영원까지 이르고
여호와의 규례는 확실하여 다 의로우니

금 곧 많은 정금보다 더 사모할 것이며
꿀과 송이꿀보다 더 달도다!

태양과 달과 별

태양은
하나님의 몸이 아프신 곳입니다

달은
하나님의 마음이 아프신 곳입니다

별들은
하나님의 아프신 곳의 쓰인 약들입니다

하나님은
하나님의 몸과 마음으로
죄인들의 약이 되셨습니다

십자가 희생으로
하나님의 살과 피를
우리가 먹기를 원하고 원하셨습니다

그날이 영생을 받는
시온의 유월절입니다

하나님께서는
주무시지도 쉬지도 않으시고 밤낮을
우리들을 기다리고 계십니다

시간 위의 집

하나님께서는
시간 위에 있어 시간을 부리십니다
하심에도 불쌍한 죄인 구원하시려고
시간을 고통으로 쓰고 계십니다

시간 위의 집은
구름 속 오막살이집이죠

한 방울 한 방울 하나님 핏방울
한 방울 한 방울 하나님 살 방울
영생을 위해 살과 피를 주셨지요

해처럼 별처럼 빛나게 오시지 않고
사소한 바람 빗물처럼 왜 가슴만 있나요

시간 위의 집은

시간 위의 집은 창조 이래 하나뿐인
하나님께서 지구에 지은 작은 집이지요
시간 위의 집은 천국 갈 때 사라지는 집이지요

유월절 먹기를 원하고 원하시던 그 모습
떡과 포도주는 하나님의 살과 피
십자가의 땀방울 핏방울 살 방울
하늘 아버지 어머니 눈물
뚝 뚝 뚝 떨어지네

순종(順從)

먼 훗날 보았노라

물로 물레방아가 돌고
소로 연자방아를 돌리던
그때에 벼에서 쌀 되어 나오는 것이
병아리 탄생처럼 모습이 들렸노라

생각하노라
언어가 물레방아 연자방아 되어
손발이 물이며 소이고 싶은 나
나날이 나를 부려야 할 것을 외우고 싶었노라

하늘 가는 길 순종은
마음이 몸이 되어
몸이 마음이 되어
그로 쌀이 되는 것을 모습 원하노라

흰 쌀 같은 예수님

독백

가

나

다

라

마, 바 주문을 외우며

흰빛 나무들이

서 있는 길 더 멀리에

허공만 그대로 더 푸르러

새들이 능선 넘어 날아가고

눈 속 가득 찬 물기의

빛을 말려 보는 일

눈을 자꾸 감았다 떴다 하는
일로 잠들고
바, 마 라 다 나 가
주문을 되돌리면

되돌아오는
이의 깨달음
득도하기를

다시 시작이었으면……

영원한 행복이란

온전한 생명
온전한 세계
온전한 삶이
지속할 수 있는 곳은

우리가 따라야 할 하나님의
완전한 방식밖에는 없습니다

영원한 행복이란
완전한 세상
천국에 돌아가는 것입니다

여울목

시월 과수원에
맺힌 사과의 빛이

예수님의 결 같고
예수님의 살 같다

앙상한 가지들로
마음 남긴 채

하나님이 가시고
하나님이 오시는

그 고난의 쉼터가
여울목이면 하였다

님 보고프면 난
여울목으로 간다

차례차례 나

나는
돌부터 나요
돌 든 자도 나요
돌을 던진 자도 나요
돌에 맞은 자도 나요
나는 나에게 죄 있어 싶은

돌 던지고 돌 맞고
돌 맞고 돌 던지는 것이

질투이던 그게
돌에 맞은 물렁한 살이 나요
물렁한 살을 다치게 한 돌이 나요

상처 나고 피가 나서
흉터 진 것이 나요

그래서

돌 맞은 그 살이 하얀 백지가 되고 싶어

던진 돌이 연필이 되고 싶어

피 흐른 상처와 흉터에

꾹꾹 눌러서' 쓴

글이 사람

사람이 글씨

나의 것이 되고 싶은 나요

하늘 것에 있는

언제의 것도 나는 사다리만 되고 싶은 게 나요

차례차례 나요

길을 묻다

길을 묻는 사람
사랑이 첫 사람이고 싶다

대답하는 기쁨보다
묻는 즐거움이 있는 그 사람

그분을 평생 사랑하고 싶다

파란빛이 노란빛에 묻고
노란빛이 파란빛에 묻는 것이
다음 길이다

난 내게도 길을 묻는 사람이면 좋다
우리가 한 바탕에서 살고 싶다

사랑을 주고 사랑을 받는 일
길을 묻는 삶일 것 같다

나로 묻는 길을

우리가 묻는 길을

하나님께서는 제일 좋아하실 것 같다

예, 그렇습니다

찾는 길은 길을 묻는 길에 있음입니다